previsões de um cego

previsões
de um cego

pedro maciel
romance

Copyrigth © 2011, Pedro Maciel

Diretor editorial Pascoal Soto
Editora Tainã Bispo
Produção editorial Fernanda Ohosaku
Revisão de textos Taís Gasparetti e Márcia Menin
Projeto gráfico e diagramação Fernanda Ohosaku
Capa Città Estúdio

Imagem da capa © Jorge Guinle: *Diurno*, 1983
Reprodução: Vicente de Mello

Imagem pág. 9 © Jorge Guinle; *Yasmim*, 1987
Reprodução: Vicente de Mello

Imagem pág. 117 © Jorge Guinle; *Cavalo de Troia*, 1986
Reprodução: Vicente de Mello

Foto do autor © Muirhead

Dados Internacionais de Catalogação na Publicação (CIP)
(Câmara Brasileira do Livro, SP, Brasil)

Maciel, Pedro
Previsões de um cego / Pedro Maciel. --
São Paulo : Leya, 2011.

ISBN 978-85-8044-255-7

1. Ficção brasileira I. Título.
11-06724   CDD-869.93

Índices para catálogo sistemático:
1. Ficção : Literatura brasileira 869.93

2011
Todos os direitos desta edição reservados à
TEXTO EDITORES LTDA.
[Uma editora do Grupo Leya]
Av. Angélica, 2163 – Conjunto 175
01227-200 – Santa Cecília – São Paulo – SP – Brasil
www.leya.com.br

*A musa amou-o muito, deu-lhe o bem e o mal;
por amor, tomou-lhe, enfim, os olhos.*
Homero

*Desgraçado do tempo em que
os loucos guiam os cegos.*
Shakespeare

PRÓLOGO

Há dias em que me desperto, mas continuo sonhando. Sofro sonhos. Finjo dormir para não acordar. **Sonhar é imaginar passado e futuro. Eles dizem que perdi a noção do tempo.** O tempo, esse espaço onde me perco. Estou aqui e em outros lugares ao mesmo tempo. Não estou fora do tempo, mas além do tempo. **Desde ontem que não tenho mais tempo para os meus antepassados. Há séculos que meu tempo é circular e, portanto, eterno.**

Tudo que sou o tempo levou. Perdi a noção do espaço, mas não perdi a noção do tempo. Astrofísicos afirmam que *podemos prescindir do tempo, mas não do espaço,* já os metafísicos reafirmam que *podemos prescindir do espaço, mas não do tempo.* **Há dias sou o Sol e a sombra do meu tempo. Um dia o futuro vai devolver o meu passado.** Não tenho futuro porque o passado caiu no esquecimento? Eles também dizem que um dia volto a me lembrar de tudo.

Um dia volto a me lembrar de tudo. Ninguém se esquece de nada. **A lembrança é um tempo do esquecimento. Tudo é esquecimento.** Meus esquecimentos são memoráveis. Lembro-me vagamente. Procuro-me! **Ter vivido e não lembrar. Sobrevivo de esquecimentos.** Quem você pensa que é? **Não sou ninguém, mas não conto a ninguém que não sou ninguém.**

_ O Sol já havia se ocultado atrás do céu, mas as sombras continuavam alongando-se ao meu redor, como se eu emitisse luz do meu frágil corpo. **Estou doente de penumbras? Amanhã vou acordar mais cedo do que as minhas sombras. Para as minhas sombras, todo o tempo é uma ilusão.** Sombra é um tempo deslumbrado no espaço? Todas as sombras são uma mesma sombra.

Às vezes minhas sombras dão um salto no tempo para alcançar o futuro. Elas sabem que não tenho passado. **Há dias em que me desperto, mas continuo assombrado, já que as minhas sombras preferem passar as noites em claro.** O Sol sempre tira a máscara das minhas sombras. Onde estão as minhas sombras agora? **Foram embora com o pôr do Sol, disse o doente do quarto ao lado.** Sombras gostam de voltar no tempo e a tempo de reparar em seus breves espaços.

Um tempo só precisa de um espaço? **Um tempo para cada dia.** Há dias em que retorno no tempo para retraçar o itinerário de minha fuga. **Acho que estou livre do meu futuro.**

Ontem voltei a escrever *O livro dos esquecimentos*; história fantástica, fictícia, mas baseada em eventos reais. **Minha autobiografia é falsa, como a biografia de Ulisses, narrada por Homero, ou a de Dom Quixote, imaginada por Cervantes.** Crio histórias a partir do nada, já que não me lembro de onde venho ou para onde vou. *O livro dos esquecimentos* descreve a história dos homens de amanhã. **Todo passado se nega a si mesmo. Prefiro não lembrar a lembrar o meu passado.** Esqueço-me por mim mesmo. **Que importa quem eu sou? A memória é um espaçamento imaginário do tempo.** Estou além do tempo, mas existo em algum lugar do mundo. A existência, essa eternidade passageira. **Será que alguém nos aguarda do outro lado do tempo?**

Há dias olho para todos os lados e não vejo ninguém além das minhas sombras. Estou cego! Estou cego! Você não está vendo que estou cego? As pessoas só enxergam o que têm diante dos olhos. **Vislumbro o invisível?**

Desde menino que sou a noite do meu tempo. Você me entende? **Há dias não vejo nada, mas prevejo quase tudo. Prevejo tudo que vai ocorrer ao redor do mundo. Faço previsões. Previsões de um cego.** Para uns e outros, as minhas visões não passam de imaginações. Eles dizem que eu não sou deste mundo.

Pode ser que ninguém tenha reparado, mas estou aqui e em outros lugares ao mesmo tempo. Sou onde não estou? **Estou aqui desde sempre. Eles dizem que não estou aqui desde sempre. Perdi a noção do espaço, mas não perdi a noção do tempo. O tempo nunca ocupa todo espaço.** Habito um tempo e não um espaço. Onde estou agora? **Ainda hoje não sei onde é aonde ou longe.** Não estou fora do tempo, mas além do tempo. **Não há nada mais alucinante do que estar além do tempo.** Não volto ao passado, já que o tempo é terrível e muito contraditório. Pode-se dizer que hoje em dia estou livre do meu passado. **Estou além do meu tempo, mas dentro do Cosmo.**

Toda noite ouço estrelas e galáxias que morreram há milhões de anos. Há quanto tempo estou além do meu tempo? Há dias em que me pergunto quanto tempo me resta de vida. Pergunto-me, mas não respondo.

Meu passado caiu no esquecimento? Às vezes tenho a sensação de que vivo num futuro que é quase presente. **Acho que o meu futuro não vai chegar a tempo. Estou deslumbrado com as minhas deslembranças?** Vivo para esquecer e não para lembrar.

_ Todos os dias as minhas sombras anunciam a chegada e a partida do tempo. Minhas sombras estão cientes de que não mais me assombro com o aparecimento ou desaparecimento diário do Sol. Sou a sombra de mim mesmo. **O doente do quarto ao lado diz que as minhas sombras são muito vaidosas. Há dias em que elas passam horas e mais horas sentadas nas espreguiçadeiras, debaixo dos guarda-sóis. Minhas sombras não têm medo de se queimar com o fogo do Sol.** Eles dizem que elas parecem muito mais velhas do que eu.

Minhas sombras acham que eu sou um Sol, apesar de que meus olhos de pedra só refletem a noite da Terra. **Estou cego! Estou cego! Olho para todos os lados e não vejo ninguém além das minhas sombras.** Levei a vida toda para encontrar as minhas sombras, essas fábulas do Sol. Minhas sombras, como o tempo, estão sempre de passagem.

Eles também dizem que as minhas sombras são a minha cara e não a minha máscara. **Todo dia me desperto, mas permaneço longe da Terra. Eles devem ter aumentado a dose de veneno na veia.** Outro dia fiquei a vagar pelo passado. Vaguei todo o tempo por minhas sombras. **Algumas sombras ainda amanhecem comigo, mas morrem longe de mim.** Eu só queria convencer as minhas sombras a não se matarem debaixo do pé de laranja da Terra. **Não sei mais o que dizer a elas para convencê-las do contrário.**

(...); minhas velhas lembranças ressurgem quando tomo novas drogas. Será que eles aumentaram a dose de veneno na veia? Lembro-me vagamente. Os esquecimentos me salvaram de mim mesmo. **Quem se lembrará de mim, que perdi as lembranças?**

As lembranças sempre inventam seu tempo. **Vivo para esquecer e não para lembrar. Eu poderia contar uma história de ficção, mas a realidade é tão absurda que tudo parece sair da minha imaginação.** Antes era eu que me drogava, mas agora são eles que me drogam. **Perdi a memória, mas ainda guardo lembranças.**

Há tempos estou livre do meu passado. O esquecimento é fingimento do pensamento. **Eles dizem que perder a memória é como estar enterrado vivo.** Para mim, o esquecimento me devolveu a vontade de continuar a viver.

De onde venho? Às vezes me pergunto, mas não respondo. Há dias em que tenho a sensação de que o tempo parou. O tempo parou? Não quero ficar aqui, parado, esperando o tempo passar. Estou livre do passado, mas condenado ao futuro? Todo dia corro do tempo parado. Meu tempo é circular e, portanto, eterno. A eternidade não compensa, penso comigo. Todo dia passo horas e mais horas escrevendo a história da eternidade. Eles dizem que perdi a noção do tempo. **Meu tempo é um cemitério de ventos. O tempo é vago e impreciso e só serve a quem sofre insônias.**

Desde menino que sofro sonhos. Por que tanta gente vive fora da realidade? Talvez porque não sofram sonhos. **O que me impede de sonhar acordado?** Não sou louco para viver de sonhos. Será que eles aumentaram a dose de veneno na veia? Não sofro sonhos. Sofro de infinitos e, às vezes, de finitos. **Deve ser por isso que não engulo o sonho, não engulo a comida, não engulo as lembranças, não engulo o tempo nem as suas sombras diárias.** Estou cego! Estou cego!

Você não está vendo que estou cego? **Há dias sou o tempo que corre no meio da noite.**

: **não escrevo para contar a minha história ou a história dos meus parentes. Não perco mais tempo com os meus antecedentes ou descendentes.** Meus melhores tempos foram vividos na solidão. Hoje em dia sobrevivo de esquecimentos. Todo esquecimento é uma memória de outro esquecimento. **Com o passar do tempo, os esquecimentos foram acumulando-se na memória. O passado sempre passa muito mais rápido para o desmemoriado.** Só retorno ao passado quando chegar ao futuro.

Esqueço os meus passados como quem se esquece de si mesmo. **Meu passado já era muito tempo.** Nunca mais imaginei o passado ou sonhei com o futuro, já que só me reconheço no presente, esse lapso brevíssimo de tempo. Para mim, o presente representa tudo e não apresenta nada. Eles dizem que perdi a memória. **Um dia volto a me lembrar de tudo?** Ninguém se esquece de nada. Lembro-me vagamente. Desde ontem que sou o meu tempo. **Você me entende? Eu entendo os antropólogos, os deslembrados e os adivinhos.** Eu só adivinho o futuro dos outros porque esqueci o meu passado.

Meu passado caiu no esquecimento. **Sei desde ontem que hoje já é amanhã.** Há tempos estou consciente de que não tenho futuro. Não tenho futuro. Só tenho passado. **Quem você pensa que é?**

Será que as pessoas me reconhecem em minhas sombras e minhas sombras em mim? **Acho que estou livre do meu passado, mas preso ao eterno presente. Às vezes me pergunto se o passado é uma lenda soprada pelos ventos ou se é apenas um tempo que já vai longe de mim.** Pergunto-me, mas não respondo. Eu só sigo as minhas sombras porque não quero mais retornar ao passado, esse tempo que às vezes insiste em não passar. **Será que as sombras são apenas o meu tempo passando antes de mim?**

Há dias estou cego. Estou cego, mas deslumbro-me em plena luz da lua. Minhas sombras olham por mim. Estou cego, mas não sou Édipo, que furou os próprios olhos. **Hoje em dia olho as estrelas com os olhos das minhas sombras.**

Minhas sombras creem que eu sou um ser iluminado, apesar de que meus olhos de pedra não mais refletem as horas amanhecidas do Sol. Não adianta abrir os olhos porque não vejo ninguém além das minhas sombras. Não vejo nada, mas prevejo tudo. **Tudo que sei vai acontecer ainda.**

(...); gosto de voltar no tempo aos finais de semana. Não gosto de me iludir com os outros dias. Há tempos não sonho com o meu passado. **Às vezes tenho a sensação de que vivi mais de um século.** Hoje em dia não me resta muito mais tempo. Não me resta muito tempo. Eles dizem que eu tenho todo o tempo do mundo.

Só os mortos têm todo o tempo do mundo. Há dias presencio a chegada dos meus mortos. **Eles falam pelos ventos. Há dias em que me desperto, mas não sei se estou sonhando ou morrendo.** Não tenho esperanças de voltar a ser eu mesmo. Por que voltar a ser eu mesmo? **Não pretendo me contemporizar com os sofrimentos dos meus antepassados. Não quero shakespearezar a minha vida. Abro mão de todas as lembranças para não voltar no tempo.** Não tenho mais tempo para os meus passados.

De tempo em tempo os passados voltam como se nada tivesse acontecido. **Ninguém retorna no tempo e volta como se nada tivesse acontecido. Tudo acontece novamente no presente.** A eternidade está no presente. Não há outros tempos. Desde menino sei que não há outros tempos. Quanto tempo ainda me resta? **Será que eles aumentaram a dose de veneno na veia? Hoje a veia escapuliu novamente.**

Todos os tempos são um só tempo. Há dias faço de conta que o tempo não existe. **Cada tempo tem seu espaço. Um espaço para cada tempo.** O espaço, este tempo onde me perco. Não estou fora do tempo, mas além do tempo. **Do outro lado do mundo o tempo passa mais lentamente, ou seria do outro lado do tempo que o mundo passa mais lentamente?** Cada dia é um dia e cada tempo é uma eternidade. Não volto no tempo porque não sei o que fazer com o meu futuro. Meu futuro é mais escuro do que claro.

Tudo o que me resta é o passado que não passa há dias. **Eles dizem que não sou deste mundo. Não adianta apressar o tempo do mundo. Eu não tenho pressa. Não tenho nenhuma pressa.** Às vezes me pergunto quanto tempo me resta. Pergunto-me, mas não respondo. **O que faço aqui?**

Eles dizem que ninguém sai vivo daqui. Desde quando estou aqui? Estou aqui, mas as minhas sombras continuam lá, onde nunca estive? Há dias não vislumbro as minhas sombras arrastando-se aos meus pés ou suspensas por um fio de luz.

Um dia vou retornar com os pássaros. Eles dizem que eu não sou deste tempo. Perdi a noção do espaço, mas não perdi a noção do tempo. Todo tempo do espaço é um tempo do imaginário. Eles também dizem que estou perdendo a memória. **Guardo lembranças, mas não conto a ninguém que guardo lembranças. Não compreendo o tempo que passa por mim e não deixa lembranças.** Estou perdendo a memória?

Nunca esqueço o que ainda vai ocorrer comigo. Também nunca esqueço que não devo retornar ao passado. O passado, esse tempo particular dos meus antepassados, espaço universal e imaginário em que não pretendo habitar. **Nossos antepassados inventaram a linguagem, mas ainda hoje não nos entendemos uns com os outros. Você me entende? Acho que meus antepassados nunca sonharam com o meu futuro.** Tenho futuro? Eu só peço a eles que não me devolvam os meus passados.

Não me devolvam os meus passados. **Há dias tenho futuro?** Amanhã vou atravessar o meu tempo sem olhar para trás. **Vivo para esquecer e não para lembrar.** O esquecimento me salvou de mim de mesmo.

Há dias em que o Sol das minhas sombras entardece antes do meu tempo. **Sombras não gostam de voltar no tempo para rastrear o Sol, diz o doente do quarto ao lado. Ontem eles aumentaram a dose de veneno na veia.** Deve ser por isso que desde ontem que o tempo passa mais lentamente por mim. Os tempos são os mesmos tempos de sempre? Hoje permaneci o dia inteiro no pátio do Sol, juntamente com as minhas sombras mais rasteiras, se não me falha a memória. **Tive a impressão de que ninguém sabia quem eu era.**

Pela primeira vez me senti livre do meu passado. Um dia minhas sombras vão me livrar do meu passado.

Há dias, dependendo da velocidade da luz do Sol, minhas sombras comportam-se de maneira teatral, como se estivessem me representando. **Eles dizem que estou perdendo a memória. Estou perdendo a memória?** O esquecimento é memorável, diz o doente do quarto ao lado. **Um dia volto a me lembrar de tudo. Ninguém se esquece de nada.**

(...): eles dizem que eu sou muito espaçoso. Não sei se eles se referem a mim como sendo muito lento, pausado ou vagaroso. **Perdi a noção do tempo, mas não perdi a noção do espaço. O tempo é uma ilusão do espaço. Todo o espaço é atemporal.** Há dias não sou mais o tempo do meu espaço. Estou além do tempo, mas dentro do mundo. **Até quando alguém pode ser indiferente ao tempo?**

Hoje em dia sei que o tempo não dura mais do que o tempo da minha existência. **Ao contrário do assassino, que sempre volta no local do crime, nunca volto ao passado para retraçar o itinerário de minha fuga.** Antes eu achava que o tempo era uma viagem interminável. O que há no fim dos tempos? Pergunto-me, mas não respondo. **O que é o futuro senão uma armadilha de tempos entre passado e presente?**

Há dias em que tenho a sensação de que o tempo parou. O tempo parou, mas não quero ficar aqui, parado, esperando o tempo passar. Deve ser por isso que não tenho passado. Não tenho passado.

: **minhas sombras aparecem mesmo quando falta luz.** Um dia vou ser desmascarado. Minhas sombras acham que sou um iluminado ou estou iluminado, já que elas sobrevivem da luz que irradia do meu frágil corpo. **Será que as minhas sombras vivem a minha vida pretérita? Quem eu me vejo nas sombras? Olho para todos os lados e não vejo ninguém além de mim e das minhas sombras.** Ontem as minhas sombras desapareceram antes do pôr do Sol. Fiquei a ver os ventos de outros tempos. Às vezes o meu tempo é muito diferente do tempo das minhas sombras. **Sou a assombração das minhas sombras? Para muitos, a sombra é a cara da morte, mas, para mim, a sombra é apenas a máscara do meu rosto.**

Não sei o que vai ser das minhas sombras sem a minha vida. Minhas sombras vão sobreviver após a minha morte? Sombras sempre reaparecem nas manhãs de Sol ou nas lembranças dos alucinados. **Todo dia as minhas sombras desassombram-se para fazer sexo entre elas em plena luz do dia, mas ninguém percebe a orgia.** Parece um sonho. Finjo dormir para não acordar.

Elas gozam muitas vezes durante a relação. **Só eu posso vê-las, excitadas, aos meus pés ou suspensas pelos fios de luz que entram pelas gretas das janelas.**

Esqueço-me, mas continuo lembrando. Eles dizem que ninguém se esquece de nada. O esquecimento me livrou de ser eu mesmo o tempo todo. Hoje em dia sou onde não estou. **Quem sou eu? Há dias em que sou memorialista, noutro sou artista e em outros não sou ninguém. Não sou ninguém, mas não conto a ninguém que não sou ninguém.** Estou deslumbrado com as minhas deslembranças.

A memória, esse rio de esquecimentos. Há tempos não tenho passado. Não tenho passado. Eu só existo no presente, essa nuvem brevíssima de tempo. Há tempos sou contemporâneo de mim mesmo. Você me entende? **O tempo dos meus ascendentes está em meus pensamentos. Eles dizem que um dia volto a me lembrar de tudo.**

Vivo para esquecer e não para lembrar. Será que os vagos dias de ontem foram um sonho? Quem se lembrará de mim, que perdi as lembranças?

: minhas sombras só gostam de sexo. Para elas, o amor é uma graça terrível. Minhas sombras trocam um dia de Sol por uma noite de sexo. **Às vezes deito com as minhas sombras bem antes do crepúsculo. Elas gostam de trepar debaixo do pé de laranja da Terra.** Hoje em dia não mais me assombro com o aparecimento ou desaparecimento diário das minhas sombras, já que os meus olhos de pedra não mais refletem as horas alumbradas da Terra. Há noites, dependendo da velocidade da luz da lua, ouço o vento dos meus desertos. Não há uma única sombra que não seja ensolarada ou enluarada. **Sou uma assombração de mim mesmo. Há dias perdi de vista as minhas sombras, mas elas devem estar em algum lugar em que eu ainda não estive.** Será que estou sonhando?

Às vezes tenho a impressão de que as minhas sombras sonham o meu próprio sonho. **Todo dia as sombras fazem previsão do meu tempo.** Eu sou o espírito do tempo e não o tempo do espírito. **Eu só tenho o tempo do futuro. Meu futuro é mais claro do que escuro.**

Ontem retornei ao futuro para confirmar o meu destino. Eles dizem que a minha memória nunca está em dia com o meu presente. Tudo o que ocorreu ontem transcorrerá amanhã? Preciso reaprender a correr do meu tempo parado. **Meu passado faz muito tempo que passou. Será que estou além do meu tempo?** Será que me cedi ao sonho, esse tempo relativo da realidade? Sonho, mas depois volto a viver. Para mim, a vida não é um sonho. **Eles dizem que vivo fora da realidade.**

(...): o passado é tudo que quero esquecer. Minhas velhas lembranças ressurgem quando tomo novas drogas. Antes era eu que me drogava, mas agora são eles que me drogam. **O que fizeram da minha vida? Minha família sempre me tratou como um vagabundo, uma desgraça, já que não carrego as lembranças dos meus antepassados.** Meus antepassados são o meu futuro e o meu ocaso. Lembro-me somente das coisas que ainda vão acontecer comigo. **Meus antepassados são uma lenda no tempo.**

Desde ontem que estou além do tempo, mas dentro do mundo. Lembro-me vagamente do tempo que já vai longe de mim. O tempo já vai longe de mim? **Eu só retorno ao passado quando conseguir apagar todas as minhas lembranças.**

Meu passado sempre retorna antes da hora e o futuro está sempre atrasado. Por que voltar ao passado ou adiantar o futuro, se não me resta muito tempo? Acho que o meu tempo nunca deixará de ser, mesmo quando não mais estiver por aqui. **Estou aqui desde sempre?**

Todo dia me desperto, mas continuo sonhando. Quem dessas pessoas que falam no meu sonho sou eu? **Todo dia peso todos os meus pesadelos.** O sonho não é mais revelador que o pesadelo. **O pesadelo é uma fabulação da noite.** Vivo a sós com as minhas sombras noturnas. Estou cego! Estou cego! Você não está vendo que estou cego? **De que serve o Sol se ele não me ajuda a rever os meus sonhos? Sonham os homens para regressar ou avançar no tempo.** Não quero inventar o sonho porque a realidade já foi inventada. A realidade é um tempo da lembrança? **Há tempos a realidade deixou de perturbar o meu sonho.** A realidade é um pensamento do sonho. O sonho, como um Sol. Sonhamos para simular ou dissimular a vida. **Desde ontem que já não vivo fora da realidade. Abandonei todos os sonhos.** Não sofro mais sonhos.

Sofro insônias. Passo noites e mais noites em claro. Meu futuro é mais escuro do que claro. Desde ontem que não sei mais dos meus dias de amanhã.

Onde foram parar os meus dias de ontem? **Como estar aqui e não se deixar levar pelas deslembranças? Estou aqui desde sempre. Há tempos não tenho passado.** Meus antepassados nunca sonharam com o meu futuro. Para mim, o passado parou no tempo.

_ Eu cheguei aqui sozinho e vou embora sozinho. **A solidão é um tempo vago do infinito.** Eles dizem que estou aqui desde sempre, mas estou de passagem, como as minhas sombras. Há dias permaneço aqui, mas as minhas sombras continuam lá, onde nunca estive? **Há tempos sei para onde vou, mas não conto a ninguém. Aqui ninguém sabe de onde vem nem para onde vai. O tempo aqui permanece parado nos reflexos do Sol.** Aqui as minhas sombras se expandem e se fundem com as sombras dos outros e, por isso, ninguém sabe quem é quem. Quem sou eu? **Não sei quem sou, mas as minhas sombras sabem que são sombras.**

Sou todas as minhas sombras ou sou as sombras dos meus mortos? Há dias, dependendo da velocidade da luz do Sol, as minhas sombras entram no espelho em busca do meu tempo perdido. Eu não vou passar os meus dias em busca do tempo perdido. **Creio que estou livre do meu passado. Será que estou experimentando a felicidade?** Não tenho mais tempo para os meus passados. As sombras serão capazes de modificar o meu passado? Só tenho futuro. **Hoje em dia deixo o passado sem olhar para trás.** Tenho futuro. Tenho futuro. Nunca perdi a noção do tempo ou do espaço. **Há tempos que o vazio do meu espaço está cheio.** O tempo só quer ocupar o espaço. Para o espaço, o tempo é muito atemporal.

Todo tempo tem dentro de si espaço para ser antes, agora ou depois. Não compreendo o tempo que passa por mim e não leva os meus esquecimentos. **Hoje em dia me lembro muito bem dos meus esquecimentos.**

Um dia volto a me lembrar de tudo. Eles dizem que ninguém se esquece de nada. A lembrança é outro tempo do esquecimento. Tudo é esquecimento. **Nenhum esquecimento é para sempre, mas também nenhuma lembrança é para toda a vida.** Hoje em dia sou onde não estou? Não adianta tentar mapear as constelações para me localizar. **Só as minhas sombras presenciam as minhas ausências.**

Minhas sombras olham por mim. Mas, há dias, dependendo da velocidade do vento norte, minhas sombras tentam dissimular a minha vida. Sei, há séculos, que a sombra e o Sol são templos de um mesmo tempo. **O doente do quarto ao lado diz aos quatro ventos que eu sou um ser iluminado. Não creio, já que há dias não consigo iluminar nem os passos das minhas sombras.** Apresso os passos, mas as minhas sombras estão sempre um tempo além de mim. Há dias estou aqui, mas as minhas sombras continuam lá, onde nunca estive. **Sou onde não estou.**

Eles dizem que perdi a noção do espaço. O espaço, esse vão do tempo. O tempo é imaginado por mim ou vivido em mim? **Para que me serve o passado se não tenho futuro?** Eles dizem que nasci em Sete Lagoas, mas não me lembro de onde venho, já que perdi a memória. **Nem tudo que se lembra pode ser esquecido, me diz o doente do quarto ao lado.** Perdi a memória, mas ainda guardo lembranças.

O esquecimento me salvou de mim mesmo. **Às vezes me pergunto o que seria de mim sem os meus esquecimentos. Vivo para esquecer e não para lembrar.** Perdi a memória. **Era preciso esquecer. Hoje em dia sobrevivo de esquecimentos.** Eles dizem que eu sou o meu tempo e o tempo dos meus antepassados.

Eu sou o meu tempo? Deve ser por isso que nunca mais retornei à minha cidade. Do passado não se traz nada além de lembranças e ilusões. **Há dias em que me desperto e não sei se estou vivendo ou imaginando o tempo que passa por mim e por todo mundo. Estou além do tempo, mas dentro do mundo?** O mundo começa no meu pensamento. Sigo pelas ruas da minha cidade e reparo que todos andam apressados, como se não tivessem mais tempo a perder. Uns e outros dizem que é melhor esperar o tempo passar. É melhor esperar o tempo passar, por enquanto. **Eles também dizem que um dia volto a me lembrar de tudo. Ninguém se esquece de nada.** O doente do quarto ao lado diz que não sou esquecido, mas que estou esquecido.

Hoje em dia tenho a sensação de que os vagos dias de ontem são para sempre. **No entanto, amanhã é outro dia.** Finjo esquecimentos para não morrer. Todo dia presencio a minha ausência. **Muitos me olham, mas não me enxergam.**

Hoje em dia perco muito tempo escrevendo a história da eternidade. Crio histórias a partir desse tempo que não é passado nem futuro, mas ainda não é presente. **Eu morreria de tédio se a minha existência não tivesse fim.** Quanto tempo ainda me resta? Não me resta muito tempo. Eles dizem que perdi a noção do tempo. **Agora estou longe do tempo de antes ou depois. Um dia volto dos meus passados.** Às vezes eles me perguntam onde eu estava esse tempo todo. Acho que vivo um presente que é quase futuro. **Acho também que meus ancestrais nunca sonharam com o meu futuro.** Não tenho futuro? Só tenho passado. Só tenho passado. Ninguém aqui pode dizer com alguma convicção que tem futuro.

Eles também dizem que estou perdendo a memória. A memória é o tempo do pensamento e o pensamento é a memória do tempo. **Há dias estou além do meu tempo. Não há nada mais espaçoso do que estar além do tempo.**

Não gosto de voltar no tempo para recordar a vida que já era. A eternidade está no presente. **Sobrevivi ao meu passado. Meu tempo passou, mas continuo aqui esperando pelo futuro.** Deve ser por isso que eles dizem que perdi a noção do tempo. O tempo que está passando neste momento é tudo que me resta. Não me resta muito tempo.

(...): "olhemo-nos nos olhos", dizia alguém em meus sonhos. **Estou cego! Estou cego! Não adianta abrir os olhos porque não vejo ninguém além das minhas sombras.** Há dias vivo com a noite do tempo. Estou cego, mas me alumbro a qualquer hora do dia ou da noite. Não vejo nada, mas prevejo tudo. Tudo que sei vai acontecer ainda. **Há dias deixo o meu tempo ao vento. O tempo é uma invenção das minhas sombras. Só eu posso ver as minhas sombras arrastando-se aos meus pés ou suspensas, como se fossem pássaros ou nuvens sem tempo. Minhas sombras são passageiras como o tempo e não como a nuvem.** Hoje em dia me desperto e não sei se estou sonhando ou morrendo. Ontem de madrugada pensei que havia morrido, mas as minhas sombras apareceram gesticulando logo após os primeiros raios de Sol.

Sigo pelas ruas da minha cidade e reparo que todos andam apressados, como se não tivessem mais tempo a perder. **Deve ser por isso que ninguém olha nos meus olhos.**

Meus olhos só enxergam o que os outros não podem ver. Prevejo tudo o que vai transcorrer ao redor do mundo. **Eles dizem que eu não sou deste mundo.** Às vezes o mundo parece-me não ser o meu mundo.

Eles dizem que estou aqui desde sempre. Aqui é o Inferno? Amanhã vou reler o *Paraíso* de Dante. Onde estou? Ainda não descobri onde é longe ou aonde. **Não vou retornar ao meu tempo enquanto não for embora deste espaço. Um espaço só precisa de um tempo?** Será que eles têm razão ao afirmar que perdi a razão?

Acho que só dois dos meus parentes enlouqueceram na juventude. **Sou o futuro dos meus antepassados. Eles dizem que um dia volto a me lembrar de tudo.** Peço a eles que não me devolvam os meus passados. Abro mão de todas as minhas lembranças para não reviver os passados.

Por que voltar a ser eu mesmo? **Eu só me lembro de onde venho e para onde vou quando estou além do meu tempo. Estou além do meu tempo, mas dentro do mundo.** Há dias em que o tempo demora muito mais a chegar. Acho que o meu passado não vai chegar a tempo. **Quem me dera fosse eu esse outro antes de ter vivido ou sonhado todos esses tempos.**

(...): **eu sempre penso o melhor das minhas deslembranças. Meus esquecimentos vão entrar para a memória do meu tempo.** Às vezes releio *O livro dos esquecimentos* para tentar lembrar o meu nome.

Sei que eu sou eu e não Hamlet. Vivo para lembrar e não para esquecer. **Nunca mais retornei ao passado nem me entreguei antecipadamente ao futuro.** Eles dizem que perdi a noção do tempo e do espaço. Estou aqui desde sempre, mas eles pensam que continuo perdido no tempo. **Para o tempo, o espaço é muito atemporal.** Ontem eles prometeram devolver o meu tempo a qualquer hora do dia ou da noite. **Todo dia deixo o meu tempo ao vento.**

O tempo é uma lenda soprada pelos ventos. O que será do meu futuro depois de voltar ao passado? Perdi a noção do espaço, mas não pretendo voltar no tempo ou a tempo de refazer a minha história. **Peço a eles que não me devolvam os meus passados, já que não saberia o que fazer com esses não tempos. Não tenho passado nem futuro. Não serei mais o que já fui.** Há tempos sou contemporâneo de mim mesmo. Apesar disso, o doente do quarto ao lado me pediu que o levasse ao futuro. Ele acha que eu sou um deus do outro mundo.

Todo pensamento é uma memória de outro pensamento? O pensamento sempre transcende o tempo, diz o doente do quarto ao lado. **O que existia antes de o tempo começar a transcorrer entre o céu e a Terra? Eles dizem que devo retornar ao meu tempo antes que seja tarde demais.** Nunca perdi a noção do tempo ou do espaço. Um tempo só precisa de um espaço?

Estou aqui desde os tempos dos meus antepassados. **Finjo esquecimentos para sobreviver. Tudo que sou o tempo levou. Só retorno ao passado se tiver plena consciência do meu futuro.** Eles dizem que um dia volto a me lembrar de tudo.

Sobrevivo de esquecimentos? Eles também dizem que sou arqueólogo. Qual a lógica do tempo que acabou de passar por mim? Tudo é uma questão de tempo. **Hoje em dia sou o tempo que corre no meio da noite, já que meus olhos de pedra não mais refletem a hora do Sol.** Ontem eles aumentaram a dose de veneno na veia. Ouço nuvens, vaga-lumes e estrelas.

Às vezes dou um perdido em minhas sombras nas primeiras horas da manhã. Ao retornar à tarde, reencontro-as no mesmo lugar, como se o tempo tivesse parado. **Minhas sombras me deixam ser quem sou porque eu as deixo representar quem elas não são realmente.**

O doente do quarto ao lado diz aos quatro ventos que as minhas sombras aparecem a qualquer hora do dia ou da noite. Ele também diz que as minhas sombras são mais velhas do que eu. Eu sou muito jovem para me assombrar com o tempo das minhas sombras. **O tempo passa mais lentamente quando não sabemos de onde viemos nem para onde vamos?**

O tempo é circular, mas nem por isso é eterno para todos os homens ou para todos os deuses. As sombras são templos ensolarados de um tempo perdido. Acho que as sombras são anteriores aos deuses. **Há tempos não preciso mais dos deuses, já que conheço o meu destino.** Os homens inventaram o tempo para iludir os deuses.

(...): ontem eles entraram de repente no quarto, abriram as janelas ao lado da cabeceira da minha cama e anunciaram para todos que eu havia perdido a memória. **Minha cabeça entrou em transe sem saber o que pensar. Eu tenho razão, todos aqui estão loucos, penso comigo.** Perdi a memória, mas não perdi a razão. Um dia as lembranças vão retornar com os pássaros. **Sonho para lembrar, mas me desperto para esquecer.**

Tenho a sensação de que as deslembranças não me deixam envelhecer tão rapidamente. Há tempos que os meus dias passam mais lentamente por mim. Estou há séculos além do meu tempo, mas dentro do mundo.

Não tenho passado? **O futuro retorna enquanto me esqueço.** Há tempos sou contemporâneo de mim mesmo. **Amanhã vou retornar dos meus dias de ontem. Um dia os esquecimentos vão me salvar de mim mesmo.**

Perdi a noção do espaço, mas reencontrei o meu vago tempo. Nos últimos dias o meu tempo anda carregado de nuvens. Será que as minhas sombras retornaram ao primeiro instante da criação? Ontem ouvi um murmúrio das nuvens ensolaradas. **A sombra está sempre oculta nos reflexos do Sol.** Vivo num tempo em que todo dia pode-se notar a expansão do Universo.

Desde menino sou onde não estou. Herdei dos meus antepassados a capacidade de estar aqui e em outros lugares ao mesmo tempo. **Por isso, prevejo tudo o que vai transcorrer ao redor do mundo. Eles dizem que as minhas visões são místicas e que eu não sou deste mundo.** Estou além do tempo, mas dentro do mundo.

Para o mundo, o tempo é sempre passageiro. **Muitos sonham viver em um tempo que já passou ou que ainda vai passar. O tempo ainda vai passar. Abro mão de todas as lembranças para viver só o presente, essa eternidade passageira.** Ninguém pode me obrigar a lembrar os meus entretempos e contratempos. Todo dia deixo o tempo ao vento.

O tempo é uma invenção dos seres espaçosos. **Perco muito tempo quando atravesso lentamente o pequeno espaço em que habito.** Para mim, o tempo tornou-se um espaço muito longe. Há dias venho perdendo a memória. Eles dizem que ninguém se esquece de nada.

Há dias em que as minhas sombras ocupam todo o meu espaço e ainda levam os meus esquecimentos. Todo dia as minhas sombras retornam do passado na velocidade da luz do Sol. Sofro sonhos? Outro dia retornamos aos sítios pré-socráticos para seguir o fluxo dos Rios Cefiso e Iliso, esses tempos do esquecimento que margeiam a cidade de Atenas. Acho que as minhas sombras são descendentes de Heráclito. **Devo dizer também que as minhas ensolaradas sombras permanecem horas e mais horas em frente ao espelho tentando recuperar os meus olhares. Muitos me olham, mas poucos me enxergam.**

Meus olhos de penumbra não mais refletem a hora cósmica da paisagem. Às vezes tenho a sensação de que as sombras não trazem apenas o meu passado, esse tempo que já vai longe de mim, mas também a imortalidade, esse momento desiludido que ainda não me transcendeu. **Estou perdendo a memória?**

(...): às vezes tenho a impressão de que já fui Ésquilo, Lucrécio, Montaigne, Dostoievski e Proust. Quem sou eu? **Hoje sou outro porque penso o que não pensava ontem.** Eles dizem que eu sou a cara das minhas sombras. Acho que escrevo este livro em memória das minhas sombras. **Pode-se dizer que as minhas sombras nunca assombraram as outras pessoas. Cada um é uma assombração de si mesmo.** Minhas sombras são um fenômeno natural ou sobrenatural? O que há entre mim e as minhas sombras? Eles dizem que sou sombra das minhas sombras. **Sou o Sol do meu tempo e não a solidão ou o sonho dos meus antepassados.**

Há dias, dependendo da posição do Sol, as minhas sombras iluminam os porões esquecidos dos meus passados. Seriam as minhas sombras um tempo imaginado ou sonhado por mim? Estou cego!

Estou cego! **Há anos não tenho mais medo dos espelhos, já que meus olhos de pedra não mais me revelam o meu assombrado rosto.** Eles dizem que eu sou a máscara das minhas sombras. Uma sombra é feita de muitas sombras? **A sombra é sempre uma sombra de outra sombra.**

(...): passam os tempos, mas não as ilusões. **Todo dia deixo o vento levar o meu tempo. Não me resta muito tempo.** Eles dizem que perdi a noção do tempo. Como retornar dos meus passados sem perder tempo? Às vezes eles me perguntam onde eu estava esse tempo todo. **Hoje em dia faz muito tempo que estou longe dos meus dias de ontem. Não tenho mais tempo para os meus ascendentes ou descendentes.** Peço a eles que não me devolvam os meus passados e que joguem as minhas cinzas ao vento, longe da terra dos meus antepassados. Esse é o meu último desejo. Meus ancestrais nunca sonharam com o meu futuro. **Também não tenho passado?**

Eles dizem que há dias tenho futuro. Eu só tenho futuro porque o meu passado caiu no esquecimento. Ninguém aqui pode dizer com alguma convicção que tem futuro. Eu abro mão de todos os meus passados para continuar aqui. Estou aqui desde sempre. O doente do quarto ao lado diz que estou perdendo a memória. **Outro dia esqueci o meu nome.**

Eles também dizem que finjo esquecimentos para não ser transferido para o quarto que não tem acesso ao pátio do Sol. Não sou esquecido, mas estou esquecido. **A memória é o tempo do pensamento e o pensamento é a memória do tempo.**

_ Ontem andei vagando pelo meu passado. Não me lembro quando comecei a colecionar deslembranças. **Será que estou além do meu tempo, já que vivo para esquecer e não para lembrar?** Eles dizem que um dia volto a me lembrar de tudo.

Ninguém se esquece de nada. Lembro-me vagamente. **Não tenho futuro porque deixei o passado para trás? Até ontem eu só tinha o meu passado. Deve ser por isso que não gosto de guardar lembranças ou chuvas. Há tempos chove sobre a minha memória.** Chove, mas me lembro de tudo que ocorreu comigo. Há tempos já não mais me assombro com o aparecimento ou desaparecimento diário das lembranças. Finjo deslembranças para viver? **Nunca perdi a noção do tempo ou do espaço. Há tempos sou meu contemporâneo.** Todo dia redescubro nas sombras o meu tempo.

O tempo é um alumbramento do espaço. **Estou aqui e em outros lugares ao mesmo tempo.** Minhas sombras já estavam aqui quando cheguei a este lugar? **Um dia as minhas sombras vão voltar no tempo.**

(...): minhas sombras conhecem mais minha família e meus antepassados do que eu. Há tardes, dependendo da velocidade da luz do crepúsculo, cito fragmentos da *Ilíada* para acalmar as minhas sombras. Acho que as minhas sombras nasceram em Atenas, apesar de que nunca estive na Grécia. **Às vezes tenho a impressão de que os meus mortos fazem companhia às minhas sombras, ou será que estou vendo fantasmas?** Minhas sombras não gostam dos meus fantasmas. Eu e os meus fantasmas não temos recordações em comum. Aliás, guardo esquecimentos, enquanto fantasmas guardam lembranças. **Um dia vou presenciar a minha ausência?**

Minhas sombras olham por mim. Vivo à sombra das minhas sombras? Há tempos sou a sombra das minhas sombras. **Ontem voltei a trepar com as sombras das enfermeiras atrás do pátio do Sol.**

Hoje em dia as enfermeiras falam para os quatro ventos que eu tenho um futuro brilhante. Tenho futuro? **Acho que estou livre do meu passado, por enquanto.** Deve ser por isso que não volto ao tempo dos meus antepassados. Não volto no tempo nem para rastrear a minha origem. **Não sei de onde venho, mas sei para onde vou.**

Eles dizem que sou memorialista e que *O livro dos esquecimentos* será lembrado pelas próximas gerações porque inaugura um novo gênero literário. Todo memorialista que conheci morreu antes de narrar a história dos seus antepassados. Eu não tenho passado. Eles dizem que eu só tenho o futuro.

O futuro é a esperança dos iludidos. Eu já nasci desiludido. **Eles também dizem que perdi a memória. Um dia volto a me lembrar de tudo. Ninguém se esquece de nada. Ontem eles aumentaram a dose de veneno na veia.** A veia escapuliu novamente. Todo dia me desperto e vou logo pedindo a eles que não me devolvam os meus passados. Há tempos já não sou eu mesmo. Sou por natureza o outro? **Eu não sou quem parece ser.** Perdi a noção do tempo?

Todos se vão com o tempo. **Desde ontem que sou o meu tempo. Você me entende?** Eles também dizem que adivinho a vida dos outros. **Eu só adivinho o futuro dos outros porque esqueci o meu passado.** Meu passado caiu no esquecimento. Há tempos sou o outro. **O doente do quarto ao lado diz que o tempo é uma lenda dos ventos.** Será que um dia os ventos vão devolver o meu tempo?

Há dias não sei de onde venho nem para onde vou. Creio que estou livre do passado e do futuro. Cada um vive o seu próprio tempo. Será que estou experimentando a felicidade? Estou além do tempo, mas dentro do mundo. **Não volto no tempo para rastrear a minha origem ou o meu destino.**

Não tenho mais tempo para os meus antepassados ou para os meus descendentes. Todo dia corro do futuro para não perder tempo com o meu passado. Ontem o meu tempo se espaçou por horas e mais horas intermináveis. Estou disposto a esperar o tempo que for necessário para retornar ao meu espaço. **Estou preso ao espaço até o fim dos meus tempos? Eles dizem que os meus tempos são ficções, visões de espaços imaginários.** Eles também dizem que finjo deslembranças para atentar contra o meu tempo. **A memória é o espaço do tempo?**

Há dias em que tenho a sensação de que o tempo parou. Não volto no tempo porque não me resta muito tempo. **Faço de conta que não estou aqui ou o tempo não passa por mim. Aqui o tempo não passa por mim.** Estou aqui desde sempre? Estou e não estou ao mesmo tempo aqui. **Pergunto-me se isso é a eternidade.** Pergunto-me, mas não respondo.

: aprendi desde muito cedo a presenciar a minha ausência. Estou aqui e em outros lugares ao mesmo tempo. Eu sempre soube de onde venho e para onde vou. Há dias em que me desperto e vou logo me escondendo das sombras para que elas não roubem o tempo que ainda me resta. Não me resta muito tempo. **O doente do quarto ao lado diz que eu sou o Sol das minhas sombras. Será que as minhas sombras vivem além do meu tempo?**

Herdei dos meus antepassados a convicção de que não há outra vida. Vive-se na Terra todos os tempos e entretempos do céu. Acho que as minhas sombras vivem uma tragédia grega, já que não são deuses nem seres humanos. Estou aqui, mas as minhas sombras continuam lá, onde jamais estive? Nunca me assombro com o aparecimento ou desaparecimento das minhas sombras ou das minhas lembranças. **Há tempos não guardo lembranças ou chuvas.**

O que sei eu dos dias de Sol? Ontem eles aumentaram a dose de veneno na veia. Eles dizem que um dia volto a me lembrar de tudo. Um dia volto a me lembrar de tudo.

_ Tudo o que devo fazer é esquecer. É preciso esquecer antes que seja tarde demais. **Há dias em que não me lembro nem do meu nome. O nome é o arquétipo.** E eu com isso? Tudo isso é um sonho? O sonho é uma ficção sem enredo.

Nunca sei do que estou falando quando falo de sonho. **Não me lembro da realidade nem quando sonho.** Um ser que não sonha não é um ser humano? Todo dia me desperto, mas não sei se estou morrendo ou sonhando. **Não me restam muitos sonhos. Eu nunca sonhei ser Walt Whitman, que viveu para escrever a história do mundo.** Estou além do tempo, mas dentro do mundo. Sofro insônias e não sonhos. Passo noites e mais noites em claro. Meu futuro é mais escuro do que claro? Perdi a noção do espaço, mas não perdi a noção do tempo. O tempo passa por mim e foge quando repara que estou parado observando o vazio do espaço. **Eles também dizem que eu sou muito espaçoso.**

Não sei se eles se referem a mim como sendo muito lento, pausado ou vagaroso. Eu sou o espaço do meu tempo. Este livro é o meu tempo reencontrado no espaço. **Devo dizer também que nunca perdi a noção do tempo ou do espaço.**

O que é uma sombra? **Uma sombra é um reflexo de uma infinidade de sombras. Não posso ver as minhas sombras, mas sei que sou eu tresandando fora de mim.**

Minhas sombras acham que sou um Sol, já que continuam alongando-se ao meu redor, como se eu emitisse luz do meu frágil corpo. A sombra é apenas um espelho que reflete a nossa máscara? **Sombras sempre me fazem refletir.** Há dias ando na sombra das minhas sombras, já que o Sol anda além do meu tempo. **Eu sei quem sou desde sempre. Há tempos não mais me iludo em plena luz do dia.** Meus olhos de pedra não mais refletem o meu assombrado rosto. **Há dias vivo com a noite do tempo.**

Amanhã vou me livrar das lembranças para voltar a ser eu mesmo? Por que voltar a ser eu mesmo? Os dias de ontem sempre me lembram de quem eu poderia ter sido e não fui. **Recuso-me a viver de lembranças.** Eles dizem que um dia volto a me lembrar de tudo. **Desmemoriados, quando sonham, inventam novas lembranças, como se fossem memorialistas.**

Todos os tempos são um só tempo. **Do outro lado do tempo o mundo passa mais lentamente, ou seria do outro lado do mundo que o tempo passa mais lentamente?** Há dias faço de conta que o tempo não existe. Às vezes tenho a sensação de que o tempo se desloca do meu espaço. **Cada espaço tem o seu tempo. Um espaço para cada tempo.** Hoje em dia habito um espaço sem tempo?

Eles dizem que estou aqui desde sempre. Estou aqui e em outros lugares ao mesmo tempo. **Não estou fora do tempo, mas além do tempo?**

Não volto no tempo porque não sei o que fazer com o meu futuro. Não tenho futuro? Meu passado caiu no esquecimento. Eles dizem que tenho futuro. Tudo o que me resta é o meu passado que insiste em passar. O doente do quarto ao lado diz que não sou do nosso tempo. **Desde sempre que sou o meu tempo e mais ninguém. Perdi a noção do espaço, mas não perdi a noção do tempo.** Eu só peço a eles que não me devolvam os meus passados. Não me devolvam os meus passados.

; ontem o doente do quarto ao lado disse para os quatro ventos que *Previsões de um cego* é um livro sobre o Cosmo; narrativa fantástica, imaginada por um sonhador. *Previsões de um cego* é um romance realista e não o livro dos sonhos escrito por um solitário. Não sofro sonhos ou solidão. Sofro de infinitos e, às vezes, de finitos. **Eles dizem que sofro sonhos.** Só o sonho pode confirmar a minha existência? **Há noites em que sonho com os vagos tempos que nunca presenciei.** O sonho nem sempre é um sonho. Eu nunca soube como realizar os meus sonhos. **Eles também dizem que sempre fantasio a realidade, já que não posso ver as coisas como elas realmente são.** O sonho é sempre um pensamento da realidade? **Não, não sofro sonhos. Desde menino sei o que é não sonhar.** Sonhos me parecem sempre irreais.

Será que eles aumentaram a dose de veneno na veia? É melhor deixar o tempo passar, por enquanto. **Eu permaneço consciente dos meus não tempos. Ontem o vento levou todo o meu tempo.** Quem me dera fosse eu esse outro antes de ter vivido ou imaginado todos esses tempos. Eles dizem que perdi a noção do tempo. Não me resta muito tempo. Perdi a noção do espaço, mas não perdi a noção do tempo. **Às vezes parece que o tempo desloca-se do espaço, e outras, que o espaço desloca-se do tempo e de seus entretempos.**

Há dias em que o tempo demora mais a passar por mim. Estou perdendo a memória. Sou onde não estou? Sei para onde vou, mas não sei de onde venho.

(...): minhas sombras sempre me lembram dos meus antepassados. Procuro passar um tempo ao lado deles para compensar os não tempos que viverão por toda a eternidade. **Nossos antepassados não são outra coisa senão quem nós poderíamos ter sido e não fomos. Há uns e outros que só vivem do passado ou só vivem na sombra dos seus antepassados.** Convivo com eles, mas não perco tempo narrando o que fiz ou deixei de fazer da minha vida. Também não revelo a eles o meu claro futuro.

Meus antepassados nunca sonharam com o meu futuro ou confabularam sobre o meu presente. Ainda ouço sonhos e promessas dos meus antepassados. **Sonhos não passam de promessas. Meus antepassados só me dão notícias do passado.** Acho que os meus antepassados pararam no tempo. Para eles, os tempos são um só tempo. Há dias que não me sobra tempo para os meus passados.

Um dia meus antecedentes vão retornar com os pássaros? **Acho que os meus antepassados têm medo de ser desmascarados.** Essa é a verdade. Continuo a morrer por causa dos meus ancestrais. Será que um dia não terei mais de morrer? **Será que estou recuperando a memória, esse rio de esquecimentos?**

Só as minhas sombras podem vislumbrar as minhas ausências. Estou aqui e em outros lugares ao mesmo tempo. Não gosto de parar no tempo para circular com o meu passado. Não tenho mais tempo para o passado. Todo dia os meus tempos são inventados pelas sombras. **Minhas sombras estão sempre de passagem. Elas nunca contam histórias ou ressuscitam mitos.** Minhas sombras só aparecem para confirmar a minha ausência? Há dias em que fujo de mim mesmo ao deixar para trás as minhas sombras. Não há sombra de dúvida que devo fugir de mim mesmo.

Não quero perder mais tempo com os dias de ontem ou com os dias de amanhã. Para as sombras, todo o tempo é uma ilusão. **O que sei eu dos dias de luz?**

Minhas sombras, dependendo da velocidade da luz da lua, nadam nuas no Rio do Sol. Só eu posso vislumbrar as minhas sombras em dias de Sol. Há dias em que vou embora com as minhas sombras antes do Sol do meio-dia. **Eu sou a sombra.**

(...): **há dias ando sem a aflição do tempo.** Lembro-me vagamente. Cheguei aqui porque deixei para trás o meu passado. **Todo dia este presente que é quase futuro passa por mim. Será que estou imaginando a eternidade?** Não retorno no tempo nem para descobrir de onde venho ou para onde vou. **O tempo é o inventor do espaço. Um dia vou ocupar um espaço sem tempo.** Para o tempo, o espaço vazio não tem nenhum sentido, apesar de o vazio estar cheio de entretempos.

Tudo passa com o tempo, me diz o doente do quarto ao lado. **Tudo que sou o tempo levou? Pergunto-me, mas não respondo.** Há dias em que dou um perdido no tempo. Eles dizem que um dia volto a me lembrar de tudo. **Ninguém se esquece de nada.**

A lembrança é um pensamento do tempo e o tempo é uma lembrança do pensamento. Se for preciso, abro mão de todas as lembranças para continuar a viver aqui. A memória é uma alegoria da imaginação ou da ilusão? **Iludidos gostam de inventar verdades e anotar em diários.** Já os desmemoriados gostam de inventar lembranças e anotar em sonhos.

Há noites, dependendo da velocidade da luz da lua, as minhas sombras param entre as nuvens e permanecem horas e mais horas reparando o tempo envelhecer. **Eu não sou novo nem velho. Aliás, há tempos sou meu contemporâneo. Você me entende?** Todo dia as minhas sombras desassombram o meu tempo. Meus olhos de pedra não mais refletem a luz da Terra. **Sou a assombração dos meus antepassados?**

O doente do quarto ao lado diz que não sou o que sou. Às vezes tenho a sensação de que os meus mortos não foram enterrados. As sombras retornam dos tempos antigos, enquanto vivo no breu dos tempos modernos. **Minhas sombras são passageiras, mas eternas.**

Um dia vou me desassombrar antes do Sol ou do sonho ou ainda do tempo cósmico que circula entre as minhas vagas sombras. Estou doente de penumbras. Também pudera, estou aqui dentro com as minhas sombras e o Universo com suas estrelas continua lá fora. **Ontem, após a luz do crepúsculo, minhas sombras simularam que não era eu, mas outras figuras, talvez mágicos ou atores.** Acho que sou como Shakespeare; sou muitos e ninguém.

A passagem do tempo é um espaçamento imaginário. Mas que sei eu do espaço-tempo? Há dias em que não percebo o tempo passando por mim. Gostaria de fotografar ou filmar o tempo para descobrir por que estou aqui desde sempre. **O tempo que passa por mim é o mesmo que passa por todo mundo?**

Há dias, dependendo da velocidade da luz do Sol, o meu tempo ocupa muito mais espaço. Quem ocupa muito espaço nem sempre vive muito tempo, diz o doente do quarto ao lado. **Quanto tempo ainda me resta?** Pergunto-me, mas não respondo. **Ontem descobri que só tolero a passagem tediosa do tempo porque amanhã é outro dia. Amanhã é outro dia.** A esperança é o meu desespero. Agora não é mais ontem, mas ainda não é amanhã?

Estou esperando o futuro para esquecer de vez o passado. É tudo uma questão de tempo. **Amanhã não vou mais me preocupar com os dias de ontem. Eles dizem que perdi a noção do tempo e do espaço.** Meu tempo é uma casa de ventos. **Será que um dia os ventos vão devolver o meu tempo?** Eu e os meus mortos temos todo o tempo do mundo. **Há tempos não mais me iludo em plena luz do dia, já que os meus olhos de pedra não mais refletem os céus da Terra.**

Todo dia tenho de inventar o meu tempo. Há dias em que as minhas sombras surgem de repente do abismo do tempo. Há tempos estou mergulhado na noite, mas as minhas sombras olham por mim. Meu tempo é da noite. **Outro dia, o Sol já havia se ocultado atrás do céu, mas as minhas sombras continuavam alongando-se ao meu redor, como se eu emitisse luz do meu frágil corpo.** Minhas sombras gostam de retornar no tempo a qualquer hora do dia ou da noite. O doente do quarto ao lado diz que as minhas sombras merecem a eternidade. **Estou cego! Estou cego! Não vejo nada, mas prevejo o futuro.** Tenho futuro e mais um tempo além. Um tempo só precisa de um espaço? **Um tempo para cada dia. Há dias deixei o meu passado para trás. Acho que um dia também vou me livrar do meu futuro.**

Não volto no tempo, mas revolto-me de tempo em tempo. Estou cego! Há dias não mais me assombro com o aparecimento ou desaparecimento diário da sombra. **Minha sombra é a minha cara; não adianta usar a máscara. Todo dia me desperto, mas permaneço longe da Terra.** Eles devem ter aumentado a dose de veneno na veia.

Outro dia fiquei horas e mais horas vagando pelo meu passado. **Antes era eu que me drogava, mas hoje em dia são eles que me drogam.**

Minhas sombras conhecem muito bem os meus tempos e espaços e, por isso, se apresentam a qualquer hora do dia ou da noite. Todo tempo tem dentro de si um espaço para se representar, mas nem todo espaço tem dentro de si um tempo para se apresentar. **Eu morreria por minhas sombras e elas também morreriam por mim.**

Minhas sombras são o Sol dos meus antepassados? Todo dia os esquecimentos reinventam a minha memória. **Será que estou perdendo a razão?**

Será que só uma sombra sintetiza todos os tempos dos loucos? Conta-se que alguns dos meus antepassados enlouqueceram de uma hora para outra. Hoje em dia eles são mais lembrados por quem os odiou do que por quem os amou. **Será que eles aumentaram a dose de veneno na veia?** Estou além do tempo, mas dentro do mundo. Meu tempo é um espaço de outro mundo? **Todo mundo é um tempo além do seu próprio espaço.**

Minhas deslembranças são puro deslumbramento. Perdi a memória? Ainda não. Restam-me algumas lembranças. Abro mão de todas as minhas lembranças para continuar a viver aqui. Ter existido e não lembrar. A memória, esse rio de esquecimentos. **Guardo lembranças, mas não conto a ninguém que guardo lembranças.**

Não gosto de guardar lembranças nem chuvas. O que sei eu dos dias de Sol? Outro dia as minhas sombras tatuaram no peito um Sol. Não um Sol do meio-dia, mas um Sol do crepúsculo. **Eles dizem que as minhas sombras, com o passar do tempo, começaram a assombrar o doente do quarto ao lado.** O que me assombra são as lembranças da infância. Escrevo O *livro dos esquecimentos* em memória das minhas sombras.

Às vezes tenho a sensação de que eu e as minhas sombras temos relações físicas e metafísicas. Deve ser por isso que há dias, dependendo da velocidade da luz do Sol, só eu posso avistá-las suspensas por um fio de luz ou arrastando-se aos meus pés. **O doente do quarto ao lado diz que eu sou um ser iluminado, apesar das minhas sombras e penumbras. Nunca conheci ninguém que, ao passar, iluminasse naturalmente o caminho dos outros.** Também nunca conheci ninguém que irradiasse luz ao abraçar os outros.

O tempo é vago e impreciso e só serve a quem sofre insônias. Desde menino que sofro sonhos. Por que tanta gente vive fora da realidade? Talvez porque não sofram sonhos.

Não sou louco para viver de sonhos. **O doente do quarto ao lado diz que estou cego porque encarei o Sol de Deus.** O sonho do homem é o Sol de Deus? Para mim, Deus não passa de um breu do vasto céu. **Deus nunca olhou por mim e eu nunca olhei por Deus. Minhas sombras olham por mim.** Sombras sonham o meu sonho. Acho que as sombras são apenas as transparências do sonho. Será que eles aumentaram a dose de veneno na veia? Antes era eu que me drogava, mas agora são eles que me drogam. Não sofro sonhos. **Nunca soube como realizar os meus sonhos. Para mim, o sonho nem sempre é um sonho.** Eles dizem que sempre fantasio a realidade, já que não posso ver as coisas como elas realmente são.

Quem me dera fosse eu esse outro antes de ter vivido ou sonhado todos esses tempos. **Eles dizem que perdi a noção do tempo e que estou fora do mundo. Às vezes parece que o espaço desloca-se do tempo, e outras, que o tempo desloca-se do espaço e de seus contratempos.** Perdi a noção do espaço, mas sou o tempo do meu mundo. Estou além do tempo, mas dentro do mundo.

_ É a memória que inventa os meus esquecimentos? Amanhã vou me lembrar dos dias de ontem. **Não estou mais disposto a perder tempo com os meus esquecimentos.** Parece que todo o meu passado ficou para trás.

Há dias em que não lembro por que estou aqui e não em outro lugar. Talvez eu esteja aqui desde sempre. Eles dizem que um dia volto a me lembrar de tudo. **O doente do quarto ao lado grita aos quatro ventos que ninguém se esquece de nada.** Vivo para lembrar e não para esquecer. Não vou esperar o tempo chegar com as minhas deslembranças. Às vezes tenho a impressão de que o tempo passa mais rapidamente por mim. **Gostaria de deixar bem claro que eu e o meu tempo sempre chegamos adiantados no dia a dia para iluminar a escuridão da minha presença.** Minhas sombras já não mais esperam por mim.

O doente do quarto ao lado diz que sou o guardião do tempo, esse templo imaginário dos nossos sonhos. Quantos sonhos são necessários para desvendar uma realidade? **Um dia volto a sonhar e, quem sabe, a lembrar. Perdi a memória?** Vivi toda uma vida, mas não me lembro da vida que vivi.

: minhas sombras apareceram mortas logo após o Sol da manhã iluminar as penumbras que vivem entre os galhos do pé de laranja da Terra. **Todas as laranjas amanheceram mortas ao pé da árvore. Ninguém ouviu nenhum grito ou pedido de socorro.** Eles dizem que, pelo aspecto das minhas sombras, elas parecem estar mortas há mais tempo que imaginamos. Eu sou as minhas sombras? **Ainda não sei se elas foram mortas pelo doente do quarto ao lado.** Há dias ele não aparece no pátio do Sol. Eu sempre desconfiei do doente do quarto ao lado. Ele gostava de me fazer sombra quando perdia tempo debaixo do Sol.

O doente foi submetido a um interrogatório, mas nunca confessou o crime. **Confesso-lhes que não mais me assombro com o desaparecimento das minhas sombras. Todas as sombras são uma só sombra.** Será que as minhas sombras continuam vivas em algum lugar do mundo ou em outro tempo do Universo?

Minhas sombras não morreram, penso comigo. **Elas somente retornaram a um lugar antes do tempo. Creio que as minhas sombras são de lugar nenhum e de todo lugar.** Deve ser por isso que, às vezes, tenho a sensação de que elas estão presentes e ausentes ao mesmo tempo. **Um dia vou desmascarar todas as minhas sombras.**

Há dias em que me desperto, mas continuo sonhando. Sofro sonhos. Finjo dormir para não acordar. **Sonhar é imaginar passado e futuro. Eles dizem que perdi a noção do tempo.** O tempo, esse espaço onde me perco. Estou aqui e em outros lugares ao mesmo tempo. Não estou fora do tempo, mas além do tempo. **Desde ontem que não tenho mais tempo para os meus antepassados. Há séculos que meu tempo é circular e, portanto, eterno.**

Tudo que sou o tempo levou. Perdi a noção do espaço, mas não perdi a noção do tempo. Astrofísicos afirmam que *podemos prescindir do tempo, mas não do espaço,* já os metafísicos reafirmam que *podemos prescindir do espaço, mas não do tempo.* **Há dias sou o Sol e a sombra do meu tempo. Um dia o futuro vai devolver o meu passado.** Não tenho futuro porque o passado caiu no esquecimento? Eles também dizem que um dia volto a me lembrar de tudo.

Um dia volto a me lembrar de tudo. Ninguém se esquece de nada. **A lembrança é um tempo do esquecimento. Tudo é esquecimento.** Meus esquecimentos são memoráveis. Lembro-me vagamente. Procuro-me! **Ter vivido e não lembrar. Sobrevivo de esquecimentos.** Quem você pensa que é? **Não sou ninguém, mas não conto a ninguém que não sou ninguém.**

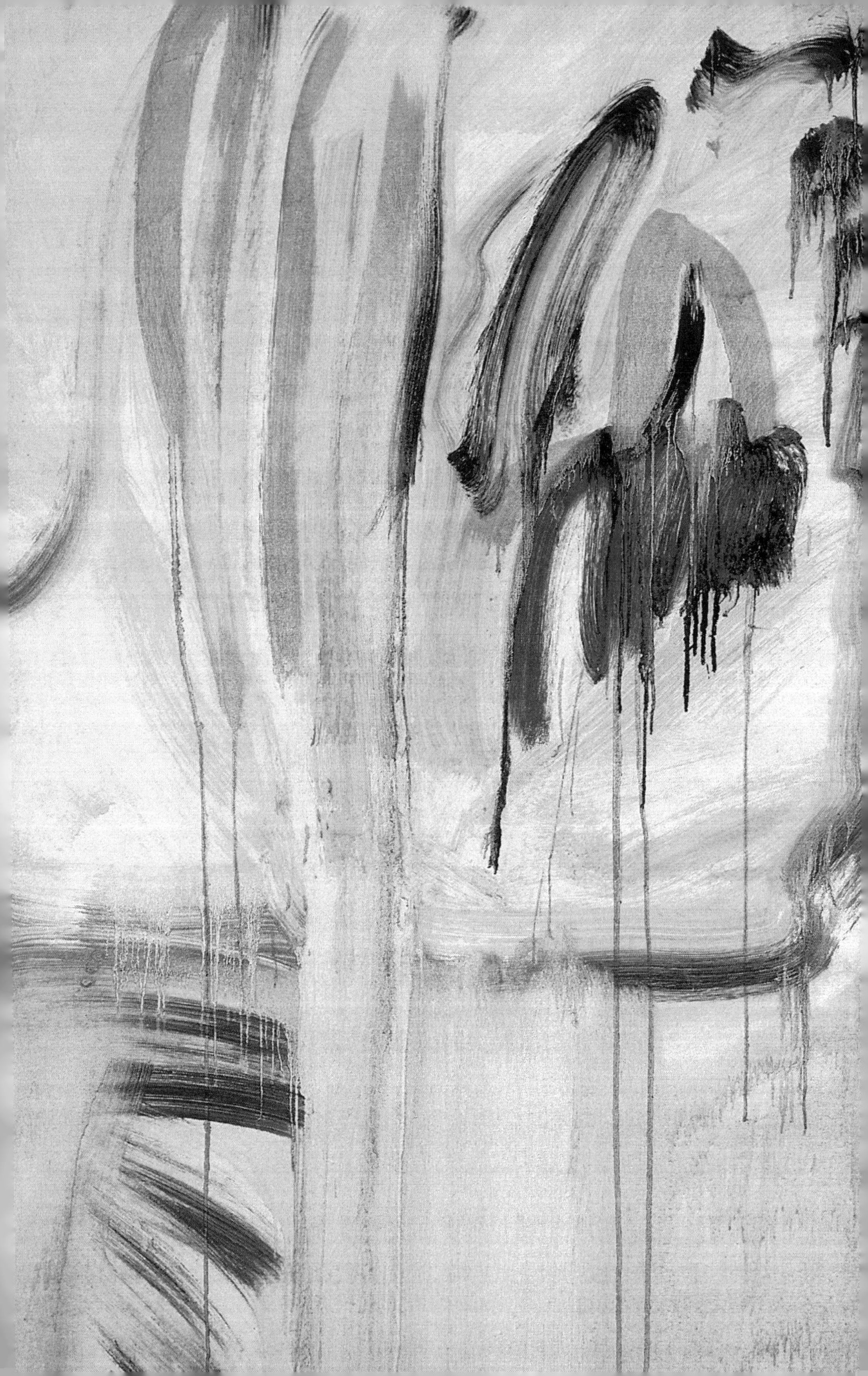

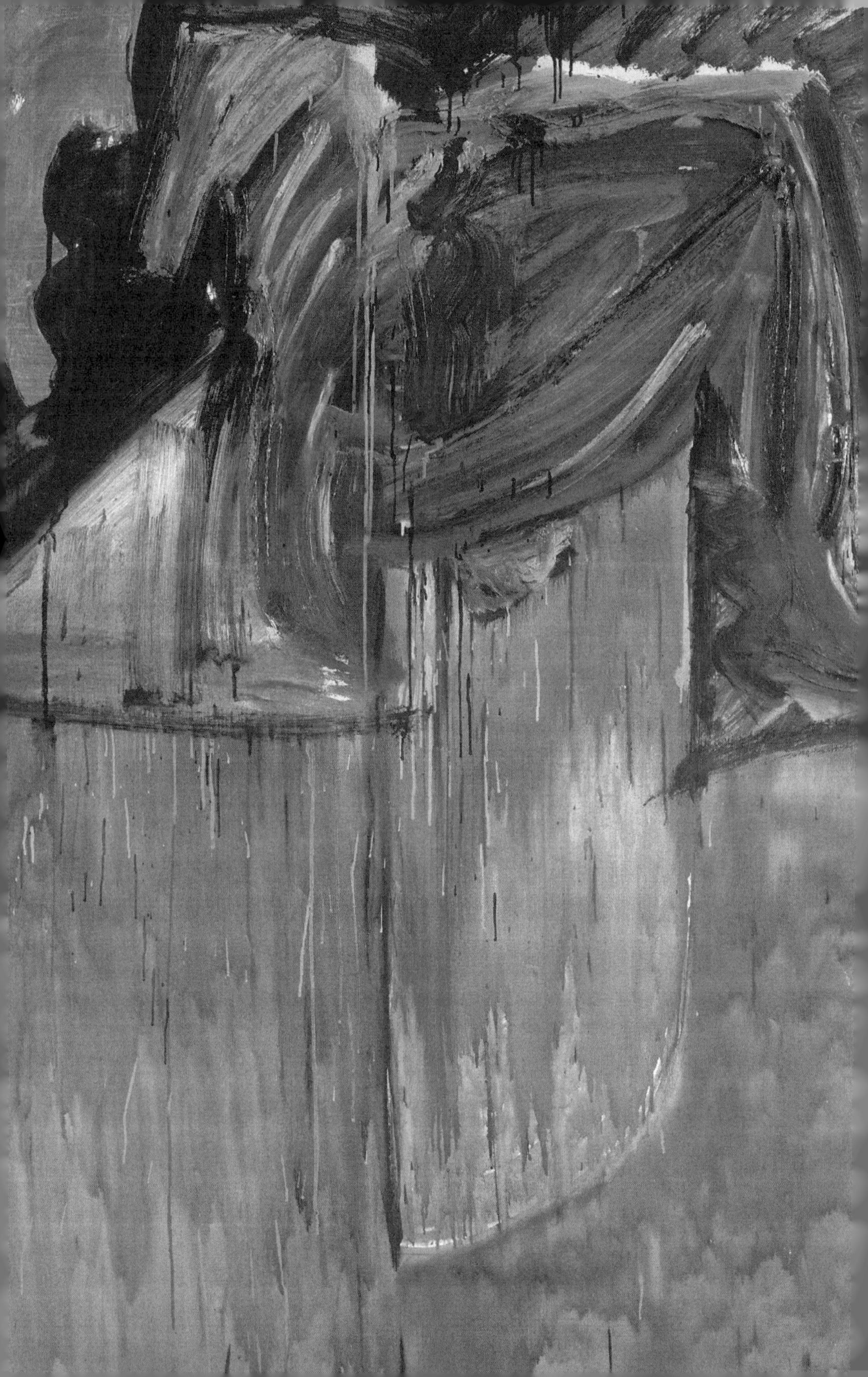

A ninguém.

MAPA PARA UM SONHO

O escritor brasileiro Pedro Maciel possui uma virtude rara entre os novos escritores de língua portuguesa: a originalidade.

Não é difícil ser original, mas exige coragem e esforço de exposição. Maciel tem coragem. Tem determinação. Encontrou uma voz e vem-na apurando, a cada livro, sem concessões à crítica, ao público, ao gosto dominante. Tem a coragem de ser ele próprio e de se mostrar inteiro.

Neste *Previsões de um cego*, encontramos ecos de outra voz – Bernardo Soares, autor do extraordinário *Livro do desassossego*, referência a que o leitor se pode agarrar, como um viajante a topônimos conhecidos num mapa de um mundo por descobrir. "Meu tempo é circular e, portanto, eterno", afirma a certa altura o narrador.

E é ao longo desse tempo sem arestas que avançamos ou recuamos, presos a uma linguagem que tem algo do encantamento da poesia. E escrevo encantamento no sentido original da palavra: ato de aprisionar através de processos mágicos.

Com uma prosa fragmentária e inovadora, Maciel mistura os gêneros literários e mais uma vez nos emociona com uma história exemplar. Um homem, um ex-toxicodependente, aprisionado no que pode ser, ou não, um hospital psiquiátrico, escreve um livro, ou acredita estar escrevendo, chamado *O livro dos esquecimentos*. É dele a voz assombrada, insistente, que circula por estas páginas e nos arrasta não em direção a uma foz, mas à fonte – à origem.

"Finjo dormir para não acordar", diz ele. *Previsões de um cego* lê-se como quem visita um sonho alheio, e de vez em quando se reconhece nele – com susto. Nós somos aquele homem, somos o doente do quarto ao lado.

"A memória, esse rio de esquecimentos", é, afinal, o tema desta breve e comovente ficção. A memória, entidade frágil e traiçoeira, que nos forma ou deforma.

Que tempo habita um homem que perdeu seu passado?

José Eduardo Agualusa

Sobre *Retornar com os pássaros* (LeYa, 2010)

O terceiro romance de Pedro Maciel é antes um convite a deparar-se com o novo, sob pena de demolir os pilares dos gêneros.

Cult

Pedro Maciel se utiliza da exatidão e da precisão das palavras para descrever os sentimentos em *Retornar com os pássaros*. O autor aborda sentimentos marginalizados na atualidade. Para tanto, proporciona novos significados às palavras. A cada capítulo, a linguagem é reinventada.

Folha de S.Paulo

Pedro Maciel chega ao terceiro romance, *Retornar com os pássaros*, superando-se ainda mais, o que o coloca como um dos escritores mais originais de sua geração.

Estado de Minas

Retornar com os pássaros é muito bonito, inteligente e instigante.

Ferreira Gullar

Retornar com os pássaros – o mais recente romance de Pedro Maciel – vai muito além duma ambição humana cautelosa: a de satisfazer a curiosidade do leitor a respeito do homem que cada um é e do envergonhado planeta em que nós sobrevivemos. A ambição da prosa inovadora de Maciel afirma-se fora do ritmo e do compasso disto a que classificamos nas salas de aula e nos manuais como literatura brasileira ou ocidental. Diria, pois, que o leitor está diante de atitude e de altitude poético-visionária inédita em termos tupiniquins. A prosa inspirada e utópica do autor vai levar o leitor a deslocamentos súbitos e sucessivos do eu por esferas celestes nunca dantes navegadas.

Silviano Santiago

Sobre *Como deixei de ser Deus* (Topbooks, 2009)

Como deixei de ser Deus é uma das obras mais importantes da literatura brasileira de 2009.

Época

Como deixei de ser Deus é uma cosmologia irônica. Pedro Maciel salva do desastre do tempo esboços de cenas e personagens que deveriam compor um grande romance cosmológico.

Folha de S.Paulo

Romance é obra *cult* que se presta a múltiplas interpretações. Cada capítulo de *Como deixei de ser Deus* pode ser considerado um fragmento na linha machado-oswaldiana de reinvenção do romance.

O Estado de S. Paulo

Como deixei de ser Deus é um fabulário da descrença. Romance de formação na melhor tradução que a expressão possa ter.

Rascunho

Sobre *A hora dos náufragos* (Bertrand Brasil, 2006)

Pedro Maciel nos faz acreditar que a literatura brasileira possa ainda apresentar alguma coisa de novo que, curiosamente, remonta à própria arte de escrever: o estilo. Seu primeiro romance, *A hora dos náufragos*, perturba pela força da linguagem. O que há de mais próximo desse livro seriam os famosos *fusées* de Baudelaire.

O Globo

Não é fácil sair impune desta história. *A hora dos náufragos* é um daqueles livros que você devolverá à estante, mas ficará martelando na sua cabeça por um bom tempo.

IstoÉ

A linguagem de *A hora dos náufragos* é a dos fragmentos, contemporânea como as experiências tecnológicas dos *e-mails*, dos *blogs*, das mensagens instantâneas que invadem computadores e telefones celulares, das frases curtas, dos diálogos entrecortados, dos pensamentos desencontrados, que sobressaltam para além da simples possibilidade racional de lidar com a vida.

Entrelivros

A hora dos náufragos é uma ficção densa e instigante. O texto flui como águas quietas na superfície, mas turbulentas no fundo.

Jornal do Brasil